生きること
老いること

吉行あぐり
新藤兼人

朝日新聞社

カバー・本文デザイン／神田昇和
絵／松本孝志
写真／川口宗道
DTP／飯塚　治

目次

まえがき

吉行あぐり

明治、大正、昭和を経て、平成の今日までの毎日を生きて来ました。

幼い頃、夜空を仰いで、北斗七星やオリオン座を覚えました。当時は灯りといえばロウソクにランプ。部屋の隅には行灯が置いてありました。小学生の頃になってガス灯がともり、やがて電灯に代わり、電話もやって来ました。それが今日ではどこもかしこも明るくて、光の洪水といった感じです。通信手段もインターネットだの、携帯電話だのと、新しい機器が次々と現れています。便利な世の中になりましたけど、到底ついていけそうにもありません。その恩恵を蒙らないことにしています。老いの日々はゆっくり、のんびり過ごしたいものです。

対談で、新藤兼人さんは、お母様が4人のお子様を育てたことに触れて、「台所仕事をしては田んぼへ出かけて、夕食の支度にまた帰る。それを本人は当然のことと思っていた」とおっしゃっていました。

私も昭和時代の戦争で、仕事も家も一切のものを失い、幼い子供を二人連れて、知人を頼って農村に疎開したことがあります。農家の方々のお手伝いをさせていただいた経験から、農業に従事することのたいそうな骨折りを、身にしみて体験しましたので、このお言葉はよくわかりました。しばらくの間でしたけど、私が一緒に暮らした方たちもごく当たり前のこととして、毎日働いていらっしゃったことを思い返します。

その戦争も、八紘一宇だの聖戦だの、勝った、勝ったの情報ばかりを聞かされましたけど、遂に敗戦の日を迎えました。それからの日々は戦争を上回るような厳しい毎日でした。食料の配給制度、衣料切符制、あの苦難の日々はどこへ行ったのやら。いま、世の中には輸入食品があふれ、飽食の時代などと言われています。

そして、また、不穏な空気を肌に感じるような出来事があちこちで起きているようです。世の中は素晴らしい進歩を遂げているというのに、地球の上での争いが絶えないのはどうしてでしょう。

とにかく、長い年月には色々な出来事に出合いまして、今日まで生きて来ました。これからも、どんなことが起こっても、どのような日が訪れても生きていくより他はありません。願わくば、健康が保てて自分の足で歩けるように、周囲の人々に迷惑をかけることのないようにと、日々精進しているつもりです。

「過ぎてしまった昨日、来ないかもしれない明日」

教えられた言葉を繰り返しながら生きています。

第1章
老いのある暮らし

新藤　95歳*だそうですね。僕はいま90歳です。このところ、自分より年上の方とお話しする機会がなかったものですから、少々、緊張しております（笑）。

吉行　それはそうでしょう。私は町を歩いていると、自分が一番年上だろうなと思ってますから。でも、私から見れば、まだまだあなた様はお若い。

新藤　お若い？　まいったなあ。でも、友人、知人がみんな亡くなってしまって……。そもそもこんなに長生きするつもりはありませんでした。僕の一生の先生だった映画監督の溝口健二*先生は58歳で、小津安二郎*先生は60

*吉行さんは1907年7月10日生まれ。新藤さんは1912年4月22日生まれ。対談は2002年12月に行われた。

*溝口健二監督は1898年生まれ。代表作に「祇園の姉妹」「西鶴一代女」「近松物語」など。カメラの長回しを中心とした独特の撮影手法はヨーロッパ映画界に大きな影響を与えた。1956年、白血病で亡くなる。

歳でそれぞれ亡くなっています。溝口先生はご存命の頃、みんなに恐れられている人物でしたが、亡くなるときはもう、それこそおじいさんみたいでした。僕はそのときの先生の年齢よりも30歳も長生きしてしまった。

吉行　でも、いまはあなた様の方が、若い人たちに恐れられているのではないですか。

新藤　いや、そんなことはありませんよ。多少はボケたかと思って、安心しているでしょう（笑）。いまの若い人たちは僕たちとは気質が違いますからね。あんまり人を恐れたりしませんから。僕なんか昔流ですから、先生

＊小津安二郎監督は1903年生まれ。代表作は「東京物語」「麦秋」「彼岸花」「小早川家の秋」など。溝口監督と並んで「日本映画界の巨匠」と呼ばれ、海外での評価も高い。63年、還暦を迎えた誕生日に亡くなる。

と歩くときはそれこそ3歩下がって歩いたもんですが、いま、お弟子さんたちは僕の3歩前を歩いていますよ。

吉行　私の家系も長生きする家系ではありません。父は40代、母は50代で亡くなってます。でも、私、どこか抜けてるんだと思います。自分が年を取ったなんて思ったことがないんですもの。

新藤　わかります。僕も80歳になるまで年を取ったという感覚がありませんでした。

吉行　私は90歳を過ぎてもその気持ちがなくて……。さすがに95歳になって、やっぱり90歳とは違うな、なんて思ってるくらいで。歩くのが下手くそになってきましたから。

新藤　歩くのが下手くそ？

吉行　そう、散歩をしているときに。

新藤　毎日、行かれてるんですか、散歩は？

吉行　ええ、毎朝、1時間くらい自宅がある市ヶ谷付近を歩いています。長生きしたいとは思いませんが、周囲に迷惑をかけたくないので。乾布摩擦もしてますし、ちょっとでも、のどの調子がおかしいと思ったら、うがいをします。大変ですねえ、長生きするのも（笑）。

新藤　僕も散歩しています。マンションが赤坂にあるので、青山の公園まで1時間ぐらいかな。散歩は楽しいですか。

吉行　はい、色々楽しみながら歩いています。私、お花が好きで、今朝も色々なお花を見ながら歩いて来ました。バラの花で、まだこれから咲くのがありますのよ。一方で、いままで咲いていたお花がボロボロになっていて。

苦労話も明るく、さらりと話す。
あぐりさんの会話はいつも、春風のように、
爽やかで温かかった。

見ていてかわいそう、私みたいで（笑）。

新藤　花がお好きなんですな。僕の散歩は楽しい散歩じゃないんです。仕事のための散歩です。映画を撮ったりシナリオを書いたりするのは、健康でないとできませんから。病院の先生が「老人の健康法は歩くのが一番」とおっしゃるので、歩いているだけです。だから、不愉快でも散歩をしているのです。雨の日も傘をさして歩いています。

吉行　私も最初は万歩計を持って、一生懸命歩きました。「ここからあそこまで何分で歩けるか」とか目標を決めて歩いていましたが、それではとてもつまらないの。それでお花を見たりしながら、ぶらぶら歩くことにしました。去年の春は、公園の地面に何かの芽が吹いているのを見つけたんです。「朝顔じゃないか」と思って、毎日、お水をあげていました。そうしたら、夏にきれいな朝顔の花が咲きまして。もう、嬉しくて嬉しくて。通りすがりの人に「朝顔が咲いていますよ」と声をかけていました。そんな中から、お友達もできましたの。ところが、お友達が公園のお手洗いで水をくんでくるのを見て、驚いてしまって。私、それまで公園でお水をくめばいいということに気がつきませんで、毎朝、お水の入った重たいやかんを持って歩いていたんです（笑）。あなたも何か、楽しいことをお見つけになったら。まだ、お若いんだから。

新藤　お若い？　弱ったなあ（笑）。僕の場合、生きることが仕事なんです。だから、散歩をするときでも、仕事になってしまう。シナリオライター＊や映画監督は、人を詮索するのが仕事なんです。人にドラマがあるわけですから、「人間観察」が基本なのです。で、ついつい、歩きながら人の顔を見ているんです。顔にはその人の過去やいま何を考えているか、全部が出ている。公園に行って、ホームレスを見ても、「この人がホームレスになる背景には何があったのか？」とジロジロ見てしまいます。まあ、あんまりジロジロ見て文句を言われるのも困

＊新藤さんは1934年、新興キネマ現像部に入社。溝口監督に師事してシナリオライターとなり、その後、映画監督になる。当時、シナリオライターと映画監督は別々というのが一般的。自分でシナリオも書いて監督もするスタイルは珍しかった。

るので、控え目にしてますが（笑）。

吉行　それがあなた様のお仕事なんでしょうね。でも、たまには楽しいこともお見つけになったら。

新藤　そうですね。そのうち何か考えますよ。ところで、ご著書の『「あぐり美容室」とともに』＊を拝読しました。あなたはお年の割に合理的な考え方をする人だな、と思いました。同じマンションに、二人の娘さんと別々に住んでいるんですよね。

吉行　20年以上も前のことですが、たまたま自宅兼美容

＊2002年、PHP研究所から出版されている。

室があったところにビルが建つことになったのです。娘が二人とも独身だったので、これを機会に、みんなで住もうと決めたんです。9階に和子が住んで、4階に私。同じ階の斜め向かいに理恵が住んでいます。

新藤　「3軒分立」ですね（笑）。家族とはいえ、一人ひとりが独立して暮らしている。僕は、人間は何ものにも縛られず、「個」として生きるべきだと考えているので、かくあるべし、と思いました。例えば、理恵さんがあなたとごはんを食べたくなったら、「今日は私のところで食事をしてください」と書いたメモを、そっとあなたの部屋のドア下に差し込んでいくんですよね。メモは

＊吉行さんには3人の子供がいる。長男は芥川賞作家で文壇の大御所だった吉行淳之介さん（1994年死亡）、長女が女優の吉行和子さん、次女が芥川賞作家で詩人の吉行理恵さん。

チラシ広告の裏に書くんですよね。

吉行　もったいないでしょう、チラシの裏を使わないのは。真っ白ですから。私、ものを粗末にできないんです。お菓子の包装紙も畳んでとっておいたり。そういうふうな時代に育ちましたから。

新藤　僕はこのメモの話のくだりを読んで、いい話だなと感心しました。ふつうは、親子なんだから、直接、会いに行ったり、言葉をかけたらいいじゃないかと思うんですけど、そうしない。そこがいい。メモを渡すというところに、「生活の表現」というものがあると思うのです……。

吉行　ふつうのお母さんだったら、娘たちに「ああしてちょうだい」「こうしてちょうだい」とおっしゃるんでしょうけど、私、そういうのってだめなんですよ。娘たちも気の毒ですし。うちの家族はみんな、好き勝手にやっているのがいいです。

新藤　一緒に住むと、面倒ですからね。コーヒーなんて飲みたくないのに「コーヒーはいかが？」と言われたら、「ああ飲むよ」なんて言ってしまう。かえって不愉快になります（笑）。一人で暮らしていたら、そういう煩わしさがなくなるからいいです。一方、ご本を拝読すると、娘さんたちがつかず離れずで、世話を焼いてくれる。娘さんたちとの食事のこと、映画を見に行ったこと……楽しそうに書いていらっしゃる。いいお子さんたちですね。僕もあんなふうに暮らせたらいいな、と思います。

吉行　本当にそう思います。私にはできすぎた子供たちです。でも、このごろは「あれしちゃいけない」「これしちゃいけない」と監視がうるさくて……あっ、こんなことを言ったら、また叱られますね（笑）。まあ、私の場合は一人暮らしとはいっても、そんな感じで親子の会話がありますから。そう思うと、まったくの一人で暮らしておられる方はどんなものかしらと思います。あなた様は奥様が亡くなってから、お一人でいらっしゃいますよね。

新藤　そうです。乙羽*さんは9年前に亡くなりまして、それからは一人で暮らしています。いちおう逗子にも家があって息子*夫婦が住んでいます。「一緒に住もう」と言ってくれているんですが、やっぱり、僕は仕事がしたい。自分の時間がたくさん欲しいんです。家には資料や本が置いてあるので取りに行くこともありますが、送ってもらうことの方が多いです。「この本を探してくれ」「あの本を送ってくれ」と頻繁に電話をするので、息子の嫁さんのほうが、本棚については詳しいんです。

＊女優の乙羽信子さん。乙羽さんは1923年、鳥取県生まれ。宝塚歌劇団を退団後、清純派女優として売り出す。映画「愛妻物語」（51年製作）で新藤さんと出会い、27年後の78年に入籍。公私ともにパートナーとして新藤さんを支え、94年、肝臓がんで亡くなる。著書に『どろんこ半世紀』（朝日新聞社）がある。

＊次男の新藤次郎さんのこと。次郎さんは新藤さんのプロダクション、近代映画協会の代表取締役を務めている。次郎さんの娘は映画監督の新藤風さん。

お手伝いさんが作ってくれた
昼食を食べる。
この日はたぬきうどん。

吉行　たしかに一人暮らしっていいですよね。私、2回*、結婚しましたが、いまのほうがいいです。なんて言ったって気楽ですし、自由ですから……。

新藤　僕の場合、自由でもありますが、孤独でもあるし、みじめでもある。ただ、それ以上に得るものもあります。乙羽さんと僕は、「乙羽さん」と僕が呼んでいるように、お互いが「個」として尊敬し合って結ばれていたんです。一人になったからこそ、あらためて、なぜ乙羽さんと結ばれたのか、乙羽さんとは、自分の人生とは何だったのか、じっくり考えることもできる。よく「一人でお寂しい

*あぐりさんは作家の吉行エイスケさんと結婚。死別後、朝日新聞社社員の辻復さんと結婚している。

活字が大好き。
一時期までは
芥川賞受賞作品は
必ず読んでいた。

でしょう?」と聞かれますが、誰かを失って寂しさしか残らないなら、老人はみんな死んでいますよ。残された人間は去って行った人間のことを考えてあげなくてはいけないと思っています。ただ、生活面では不自由ですね。

吉行　男の方はそうだろうと思いますよ。

新藤　僕は目玉焼きさえ作れませんから、いま、お手伝いさんに来てもらっているんです。夕食をすませて、お手伝いさんが帰ると、後はまったくの自由です。ところが、1時間くらいテレビを見ていると、「はっ」とする。ぼんやりしているんですね。その時間に色々なことを考えているんです。亡くなった父のこと、母のこと、それからうまくいっていない仕事のこととか……。これが「ぼんやり」の正体なんですが、このぼんやりできるというのがいい。人と住んでいると、どうしても邪魔が入ってしまいますから。だから、僕は一人暮らしの楽しみは「ぼんやり」だと思いますね。

吉行　それはあなた様がものをお書きになる方だから。シナリオを書いていらっしゃるから、「ぼんやり」が大切なんでしょうね。私はあなた様のような、素敵な「ぼんやり」はありませんが、本が好きで、いつも何か読んでいます。寂しいと思ったことはありませんね。やっぱり、私はどこか抜けちゃってる人間なんでしょうね。話をおうかがいしていると、あなた様にはしっかりしたものがあおりのようですが、私にはありません。

新藤　いやいや。あなたのほうが自然体なんですよ。僕はいっぱい鎧をつけて、その鎧がほころびちゃっているのに、駆け引きの世界で生きているんです。あなたのほうが自然体なんです。

吉行　きっと、あなた様が生きてきた世界と私が生きてきた世界が違うからでしょうね。私も長いこと働いてきましたが、私は私の美容室の中だけ、狭い箱の中だけで生きてきましたから。

新藤　いや、いや。たしかに箱の中は狭い空間だけど、そこは一つのあなたの大事な空間なわけだから、その空間は広い空間、広い世界につながっているんだと思いますよ。

吉行　そうでしょうか、私はそんなふうに思ったことはありませんけど……。ところで、私、映画の世界のことはよくわかりませんが、映像といえば目を使うお仕事でしょう。大丈夫なんですか、目のほうは？

新藤　医者からは、白内障*だと言われています。まだ手術はしていませんが。あなたのほうはどうなんですか。

吉行　私、40代で白内障になりました。健康診断でわかったのですが、「まだ大丈夫」と言われまして、放っておいたんです。「手術を受けると、すごくよく見えるようになりますよ」と聞いてたんですが、「こんないやな世の中、いいかげんに見えるぐらいがちょうどいいわ」と思って手術しませんでした。ところが、91歳になったとき、和子に「ちゃんと診てもらいなさい」と言われ、もう一度、診てもらったんです。「そろそろ手術されたらいかがですか」とおっしゃられるので93歳のときに受

*目の水晶体が濁る病気。視力を失うこともある。老人がなりやすい。

けました。そうしたら、本当によく見えるんですよ。

新藤　よく見える？

吉行　そう、本当によく見える。鏡をのぞくと、シワからシミから、みんな見えちゃう。もう「しまった！」と思うぐらい見えますね。いまは活字を読むときもメガネは要りません。

新藤　というと、いま、かけているそのメガネは……。

吉行　度は入っていません。もうメガネは要らないんですが、娘たちが「メガネをかけていたほうがいい」と言うものですから（笑）。

新藤　僕はまだあなたのお顔もよくわかるし、もう少しがんばろうと思っています。あなたがおっしゃるように、僕の仕事は見る仕事でしょう。万が一、見えなくなるようなことがあったら困る、という思いがあるんです。手術の成功率は100パーセントらしいけど、「よく見えるようになるけど、見るときにちょっと緑が勝つかもしれない」という話もあって。いまの映画は昔と違ってカラーですから、緑が勝つとどうなるんだということもあって、ちょっとやめておこうかと思っているんです。

第2章
人生、それぞれに

新藤　長く生きていると、やっぱり、運命というものがあるような気がするんです。それは生まれたときから始まっているわけですね。出身はどちらですか。

吉行　岡山*です。

新藤　僕は広島*。お隣ですね。どんなご家庭で育ったんですか。

吉行　私は6人きょうだいの3番目です。父は弁護士でした。酒もタバコもやらず、勤勉そのものといった人でした。母は小柄でしたが、田舎の娘にしてはできた人でした。

*吉行さんは岡山県岡山市の出身。

*新藤さんは広島県佐伯郡石内村（現広島市佐伯区）の出身。16歳までここで過ごす。

ね、「勉強しろ」なんて一言も申しませんの。うるさいのはしつけだけ。書生さんもお手伝いさんもいましたから、裕福な家庭だったんでしょうね。

新藤　その当時の弁護士といえば大したものですよ。エリートですからね。

吉行　でも、うちの両親はよその家や世間と比較して語るということが、一切なかったんです。私のすぐ下の妹は女学校でも創立以来の秀才だったのですが、私はそういうことも全然知らなかったんです。ふつうなら「あなたも妹を見習って勉強しなさい」とか言いそうなものですが、うちの親は言いませんでした。そういう家に育ったからなのか、私も人のことに興味がありません。美容室のお客様が「あなたは誰にも言わないから、なんでも話せる」とおっしゃってくださるのも、そういうことかもしれません。

新藤　僕の家もある時期までは裕福でしたね。うちの実家は農家でしたが、曽祖父*が有名な宮大工で、田畑をたくさん持っていました。僕は４人きょうだいで末っ子です。お母さんが42歳のときの子供だったので、本当に、それこそなめるようにかわいがられて育ちましたね。だからお母さんは僕にとって特別な存在なのです。お父さ

*新藤さんの曽祖父、新藤伊左衛門さんは、柔術の難波一甫流の名手として知られていた。

んは人はいいけど、「新藤さんの一服」と言われるぐらい働かない人でした。その分、お母さんは働き者でしたね。秋になると、家事の合間に家の前の田んぼに行っては、稲を刈り取った後の切り株を鍬《すき》で掘り起こすんです。田んぼといっても広いですから何千株何万株もあるんだけど、ちょこちょこ行っては掘り起こして、いつか、全部、掘り起こしてしまうわけです。1株1株、鍬でね。僕が大きくなってから、お母さんは偉かったんだな、とわかりました。ところで、作家の吉行エイスケ*さんと結婚されたのはおいくつのときでしたか。

吉行　15歳のときです。父が亡くなって家が傾きました。

*本名、栄助。1906年、岡山県に生まれる。アナーキズム、ダダイスムの影響を受けて、思想問題で旧制中学を中退。上京後、新興芸術派倶楽部の結成に参加し、「百貨店」「ノラ」などの斬新な小説を発表。27歳で文学から離れ、株の売買を始め、40年7月、心不全で他界した。娘の和子さんが監修者として、『吉行エイスケ　作品と世界』（図書刊行会）をまとめている。

冬でも散歩に行くときは
セーター1枚だ。

「吉行さんのところに行けば女学校が続けられる」と言われて行ったのです。それが結婚だとは思わなかったのです。エイスケさんの実家は手広く建設業をやっていました。裕福でしたが、最初は別居結婚みたいなものです。結婚してから、すぐにエイスケさんは東京に行って、私は岡山のエイスケさんの実家にいましたから。そこで淳之介を生み、東京に出てきたのです。

新藤　男というものは、青春時代に多かれ少なかれ文学青年になるものです。僕も田舎の元文学青年ですから、エイスケさんの小説は読みました。当時は「エイスケ」というカタカナのペンネームも珍しかったけど、小説も

新藤さん曰く、
「不愉快でも散歩」
の光景。

奇想天外でしたね。「そして汽車は石炭を撒き散らして行った」といった感じの、当時としては時代の先端を行くような小説でしたね。

吉行　あの人は生まれてくるのが早すぎたんでしょうね。いまは色々な人がいますからそうでもないんでしょうが、当時はちょっといないタイプだったと思います。東京で一緒に住むようになってからも、どこで何をしているのか、全然、家に帰ってこないんです。たまに帰ってきても部屋にこもっている。簡単に言うと、暇があったから、私も美容師になったようなものです。私は結婚生活がどういうものかわからなかったので、こういうものかと思っていました。

新藤　彼は既成の権威を破壊しようというダダイズム*の人でしたからね。

吉行　人の気持ちの細かいところに気づく人でしたね。美容室のお弟子さんたちにも、人気がありました。私は怖い先生ですが、あの人は遊びに連れて行ったり、声をかけてあげたりしていましたから。女性にはもてていました。銀座で、女連れのエイスケさんにばったり出くわしたこともありました。派手な女の人が歩いてくるので、「ウエーッ」と思っていましたら、その隣にエイスケさ

*20世紀初め、ヨーロッパで盛り上がった芸術運動。既成の権威、道徳、芸術を一切否定した。

んがいて。素知らぬ顔で、通り過ぎました。「へーっ、こんな派手な女の人がいるのか」と感心しながら（笑）。

新藤　エイスケさんは晩年、文学の一線から身をひいて、美容室の経営や株の売買をやっていたんですよね。

吉行　死んだのは34歳のときです。私は33歳。ハイカラな人で、ドライブも好きだったんです。その日も一緒にドライブしていて、「調子がおかしいな」と言ってましたら、帰ってきてそのまま……心不全でした。理恵が生まれたばかりで、嬉しそうにしていたときでしたが、残ったのは株の売買でこさえた借金の山でした。自宅どころか電話まで担保に入っていました。外に女の人もいて、子供もいたんです。私は3人の子供と寝たきりの義母を抱えて、一人でお店を切り盛りして、借金を返しました。女の人にもかわいそうなので、お金を渡して。

新藤　裕福な家に生まれ、没落していったところは僕の人生に似ていますね。僕の家も僕が10歳ぐらいのときに破産しました。さっき話したように、とにかくお父さんは人がいい人でして、借金の保証人になってしまったんです。もっと早い段階で田畑の一部を売っていればなんとかなったんでしょうが、お父さんは「先祖の土地は売れない」と、頑なに抵抗して、借金が膨れ上がり、最後は全部失ってしまいました。残ったのは土蔵一つだけ＊。一家離散です。兄姉はみんな出て行って＊、幼い僕だけが残って、両親と土蔵で暮らしていました。そのため進学もできませんでした。お金がないということはこういうことなのか、とつくづく思い知らされましたね。あなたもたくましいけれど、僕が生きることにこだわり、独立精神が旺盛だったのは、こういう体験が影響しているんじゃないでしょうか。ただ生きる、それだけのことのためにも、必死でなくては生きていけなかったものですから。

吉行　私も今日を生きるのに精一杯でした。

＊新藤さんは自伝的映画「落葉樹」（１９８６年製作）の撮影のときに、郷里を訪問。この土蔵が残っていることを知って、スタッフとともに訪れている。

＊長兄は尾道に出て警察官になり、上の姉はアメリカ移民の妻になって渡米。下の姉は広島市に出て、看護婦になった。

新藤　ただ、お母さんのことを思うとたまらなくなります。結核になって死んでしまうのです。僕が15歳のときのことで、お母さんはまだ50代でした。医学も発達していない頃で、医者からもらった水みたいな薬を、「これを飲めば治る」と信じて、大事に飲んでいました。そんな姿を思い出すと、いったい、お母さんの人生は何だったんだろうと思います。毎日、コツコツ働いて、貧乏になって、みじめな暮らしをして、最後は結核になって暗い土蔵の中で死んでしまった。お母さんは人生の中で、楽しいと思ったとき、面白いと思ったときがあったんだろうか、という感じがしてならないんです。だから、お母さんは死んでしまってもういないんですけど、もう一度、会いたい。会って、1万円札を1枚でいいから握らせてあげたい……と思うのです。

吉行　お母様は、子供を育てることがお好きだったんだから、それは大丈夫ですよ。楽しいときも嬉しいときもあったはずですよ。

新藤　（嬉しそうに笑って）そうですかね。やっぱり、お母さんを思い出すと、女の人の役割って大きいと思いますね。

吉行　そりゃ、そうですよ。女の方のほうが男の方よりも強いですよ。やっぱり、子供を産みますから。まあ、最近の女の方ぐらいに強いのもどうかと思いますが（笑）。

新藤　女性は「受け身」だから強いのでしょうね。生活することの多くの部分を背負っていますから。でも、生活の中で強くありたいと思って生きているから、強いんだと思います。男は政治だとかスポーツだとか言っているけど、生きるためにはまず生活しなくちゃいけないのだから……。それで、僕の映画には、女の人の強さを描いたものが多いんです。僕の先生だった溝口健二監督*も、女性をずっと題材にした映画を作り続けた人なんです。先生も子供のときに実家が破産して、お姉さんが日本橋

*溝口監督はフェミニズム色の強い作品を撮り続け、「女性映画の巨匠」と呼ばれた。

で芸者になって一家を支えたんです。先生の中には、男が役に立たなくて、苦労も何もかも女が背負ったという思いが強烈に残っていたんです。

吉行　でも、私の場合は、つらいとか苦しいとか、思ったことがないんですよ。何かあっても、それはそれでしかたがないと思って、忘れてしまう性格なんです。鈍いのかもしれません。

新藤　そこがあなたの強いところだと思います。戦後の厳しい時代を生き抜いてこられたのも、そういうところがあったからではないですか。ただ、僕は、運命というものは変えられないけど、考え方を変えることで生き延びていくことはできるんだろうと思っているんです。僕にとって、家の破産は大きい事件でしたが、僕が人間に興味を持ち、自分の家族や人間をテーマにして映画を撮影しているのも、このときの経験があったからなんです。

吉行　そうですか。大いに役立ったわけですね。

新藤　僕は裕福な時代には、人間の関係というのは善意の中にあるものだと思っていたんです。ところが、破産して、それまでよくしてくれていた人たちが手のひらを返したような態度になった。なぜ、この人たちは変わってし

新藤さんの散歩は
いつも、
せっかちにズンズン歩く。

吉行さんの散歩は
いつも、
のどかにぶらぶら歩く。

まったのだろうと悩みました。結論としては、一人の人間の中に、善人と悪人がいるということですね。生きるためには悪人にならなければならないときもある。いつも心の中に悪人と善人が拮抗しているということが、生きるということであり、ドラマなんだろうと思ったんです。

吉行　そういうものでしょうか。

新藤　僕はこう考えるようになって、救われたんですよ。人間は善人にも悪人にもなり切れない、不完全なものだということを知って。いじわるした村の人、働かなかったお父さんのこと……すべてが認められるようになったんです。世の中でいう権力者や有名人の人生だけがドラマではない。名も無く消えていく人たちの心の中にだって大きなドラマがあるんだ。僕がその後、映画の中で取り上げていった人たちもこういう人たちなんです。しかし、人間っていうのはつくづく面白いと思いますね。お金持ちの中には、「お金をどう使ったらいいかわからない」なんて悩んでいる人もいるようですから。

吉行　私、ずっとお金には無頓着でした。いまのお店*はもともとあった土地にビルが建つことになって等価交換で入っているんですが、ビルを建てる交渉のときにも、「どれぐらいのスペースが欲しいですか」と聞かれまし

*東京・市ヶ谷にある「吉行あぐり美容室」のこと。1952年に開業した。

て、「10坪でいいです」と答えたんです。それで10坪。もっともらえばよかったのに、と言われるのですが、私の頭の中には「お掃除が簡単にできるからいい」ということしかなかったんです。

新藤　天真爛漫なんですよ、あなたは。ドラマを描くための第一条件は人間観察、人間を疑ってかかるということなんです。人が何を考えているのか、何を欲しているのかがドラマになるんですね。だから、罪深い仕事なんです。人のあら探しばかりやっていますから。僕も青春時代はそんなにねじれていなかったのですが、だんだん人間がねじれてきて……。

吉行　色々な経験をお積みになったからでしょう。

新藤　そう、経験を積んで悪くなりました（笑）。その点、あなたは本当に天真爛漫です。苦労を苦労と思わないでまた起き上がる、ダルマさんみたいに七転び八起き。すごいことです。

吉行　やっぱりどこか足りないんでしょうか。エイスケさんが帰ってこないときも、女の方がいらしたときも、「この人がそうしたいと思ってやっているんだから、しょうがないんじゃないか」と思っていました。それは子供についても同じです。小さかった理恵を連れて岡山に帰ったときもそうでした。汽車の中で、理恵は隣に座った男の方に興味を持って見ているんです。遊んでもらいたがっているんだな、とわかった私は、その方に「すみませんが、この子が遊びたがっているので、一緒に遊んでやっていただけませんか」って申しましたの。おかしいですね、私。

新藤　いや、そういう突き抜けたところがあなたの力の源泉なんですよ。すばらしいことです。エイスケさんが亡くなった後、色々、再婚のお話もあったでしょう。

長い人生の
道のりを思わせるように、
影も長く伸びていた。

吉行　いや、全然。魅力なんてないでしょう、私。いかがですか（笑）。

新藤　いやいや（笑）。

吉行　２回目の結婚*も成り行きでした。42歳のときに、新聞社でデザインの仕事をしている辻さんと結婚したんです。辻さんは奥様に先立たれていて、娘さんがいらした。知人から「お一人で大変なのよ」といって、何度も何度もお願いされて。ずっと断っていたんですが、あんまりお願いされるので、最後には引き受けました。いまから思うと、しなければよかったと思いますが（笑）。

*辻復さんは朝日新聞社に勤務。あぐりさんと１９４９年に結婚、97年に他界した。

新藤　どうしてですか。

吉行　私にも子供がいましたから。色々と気を使わせてしまったと思います。辻さんも自分が好きなことだけしているような人でした。釣りとテニスが好きで……。その辻さんも5年前、90歳で亡くなられました。そうそう、私、結局、エイスケさんからも辻さんからも生活費を頂戴したことはありません。そんなふうにしつけられた覚えはありませんが、誰にも頼らない人間なんです。あなた様はどうでしたの。

新藤　最初の妻は映画の仕事が縁で知り合って結婚しましたが、お母さんと同じく結核になり、血を吐いて死にました。彼女のことは「愛妻物語」という映画にしました。次にふつうの方と結婚して、子供ができましたが離婚をして、そして乙羽さんと結婚しました。僕の場合は恋愛して結婚しました。やっぱり、生きるということは、伴侶を求めるということですから。

吉行　私、恋愛ってしたことがありませんの。娘時代には「あの人がいい」「この人がいい」とか色々ありますでしょう。そういうことってしたことがないし、それがどういうことかわからないまま、過ごしてきましたの。

＊映画のスクリプターをしていた久慈孝子さんのこと。新藤さんが27歳のとき、当時24歳だった久慈さんと結婚した。新藤さんは1951年、久慈さんとの結婚生活を描いた「愛妻物語」で監督デビューしている。

第3章
日々を支えるもの

吉行　私、日本の映画ってほとんど見ないんです。洋画ばっかりで。ところが、あなた様がシナリオをお書きになった映画を1本、見ていたんです。「偽れる盛装」*というタイトルの。不思議なご縁ですね。

新藤　昨年も「ふくろう」*という映画を撮りました。監督というのはみんなの後ろであれこれ指示を出しているだけみたいに思われていますが、実際の現場では誰よりも真っ先に動かなくてはなりません。だから足腰と体力が必要です。今回の映画は農家のセットで撮影しました。土間と板間の間を何度も上り下りしました。撮影前は体力的にどうかなと不安でしたが、無事、終了しました。

＊1951年製作。監督は吉村公三郎。新藤さんは師匠、溝口健二監督の「祇園の姉妹」のオマージュとして、この映画のシナリオを書いた。

＊2003年公開予定。構想28年、敗戦後の開拓村を描く。新藤さんは監督のほかに原作、脚本、美術も手がけ、衣装、セット、小道具も自分でデザインした。

「まだまだやれる」と思いました。

吉行　私も細々ですが、いまも美容室の仕事を続けています。

新藤　一人でやっていらっしゃるんですよね。

吉行　はい。74歳のときから。あなた様もおっしゃっていましたが、いまの若い人たちは私たちの世代とは違いますでしょう。それが面倒くさくて、心機一転、一人でやることに決めたのです。私一人でやるのですから、お客様も長年のおつきあいのある方で、70歳以上の方に限定しました。お年を召した方にとって、行きつけのお店がなくなるのは困りますから。いまはたくさんの美容室がありますが、多くは若い人が相手のお店ですし。

新藤　お客さんは何人ぐらいいますか。

吉行　40人のお客様が残りましたが、お亡くなりになる方もいました。少しずつ減って、いまは7人くらいです。予約の入った日だけ営業しています。1カ月に7、8回ですか。昨年まで私よりもご年配のお客様がいらっしゃっていたのですが、このごろお見えにならなくて。

新藤　その年になっても仕事を続けられている、そこがすごいことだと思うのです。

吉行　お店は自分のものなので家賃は要らないし、食べることについては娘たちが面倒を見てくれているので、やっていけますが、もちろん、毎月赤字です。でも、お客様がやめさせてくれませんし、まあ、一種の道楽ですね。私、忘れっぽいので、お客様とお話ししていると、代金を頂戴するのを忘れることもあります。後で気づいても請求できませんし、大赤字ですね（笑）。

新藤　それでも仕事をなさっているのは、なぜなんでしょう。

吉行　お茶とかお花とか、趣味でもあればいいのでしょうが、子供のときからお稽古事となると逃げ出していましたの。そのツケですね。趣味が何もないから仕事をしているようなところもありますが、家にいると気分的にだらだらしても、お店に立つとシャンとしますから。やめられませんね。

新藤　僕もそうなんです。仕事イコール人生、人生イコール仕事なんです。散歩するのも、ぼんやりするのも、全部、仕事のためという生活を送っています。あなたは、そもそも初めから美容師になろうと思っていたんですか。

吉行　もともと女学校の頃から、おしゃれが好きで、きれいになりたいと思っていたんです。学校の勉強はちっともしなくて……。

新藤　おきれいだったんだ。

吉行　いいえ。肌は黒いし、髪も多くてまとまらなくて。きれいじゃないから、きれいになりたいと思ったんです。でも、いまでこそ、女性が働くのも当たり前になりましたが、当時は働きに出るなんてもってのほかという時代でしたからね。女の自立とか、将来の夢とかそういうことを考えたことはありませんでした。成り行きですね、成り行き。

新藤　さっきのお話だと、エイスケさんと結婚されてから働き出したんですよね。

吉行　はい。さっき申し上げたように私たち、別居結婚でした。東京で暮らしているエイスケさんのところに、後から私が出て行ったのですが、帰ってきませんでしょう、エイスケさん。しかたがないので、エイスケさんの蔵書をひっぱり出して読んで暮らしていました。あるとき新聞で、米国で洋髪を学んでこられた山野千枝子先生*がお弟子さんを募集しているのを知ったんです。それで、何も考えずに弟子入りさせていただいたのです。きっかけはひょんなことです。

新藤　修業はどのくらいやったのですか。

吉行　住み込みが2年です。毎朝5時に起きて、お掃除して、洗濯をして、先生にお供してお店に9時に入るという生活でした。それから1年間、お礼奉公もしました。お弟子さんたちの中にはやめていく人も大勢いらっしゃいましたから、厳しかったんでしょうね。私は楽しかっ

*山野さんは1895年、神奈川県生まれ。米国で美容技術を学んで帰国。パーマネントウェーブを普及させるなど、日本の美容事業の発展に尽くした。

たんですけど。

新藤　それで独立なさった。

吉行　エイスケさんが「働いたらいかがですか。お店を建てましょう」と言い出して。エイスケさんは長男だったんですが、遊び回るような生活をしていましたから、とうとう義父から勘当されてしまったんです。縁を切る代わりに、ともらったお金があったのです。それでお店を建てたのですが、後から考えると、私を働かせようという魂胆だったんでしょうね。経理は全部やってくれまして、お金もきれいに使ってくれました（笑）。

＊1929年に市ヶ谷に建てた「山ノ手美容院」のこと。この美容院は戦争のため、45年、取り壊される。52年、同じ市ヶ谷で「吉行あぐり美容室」として再建された。

新藤　僕が映画に入ったのも、ふとしたきっかけです。兵役検査のあと、尾道にいた兄の厄介になっていたのですが、ある日、映画館で*山中貞雄監督の「盤嶽《ばんがく》の一生」という映画を見たのがきっかけでした。山中監督は日本の時代劇映画のホープで、天才と言われながらも若くして逝ったすごい監督なんです。僕は20世紀最大の発明は映画と原爆だと思っているんですが、当時は映画が新興芸術として盛り上がってきた時期でした。それでぜひとも映画をやりたいと思って、映画関係の会社にもぐり込んだのです。最近では「何がやりたいのかわからない」といってフリーターになる若者が増えてきているそうで

*山中監督は1909年、京都に生まれる。代表作に「抱寝の長脇差」「街の入墨者」がある。28歳で夭折。20本以上の映画を撮影したが、現在はほとんど残っていないという。

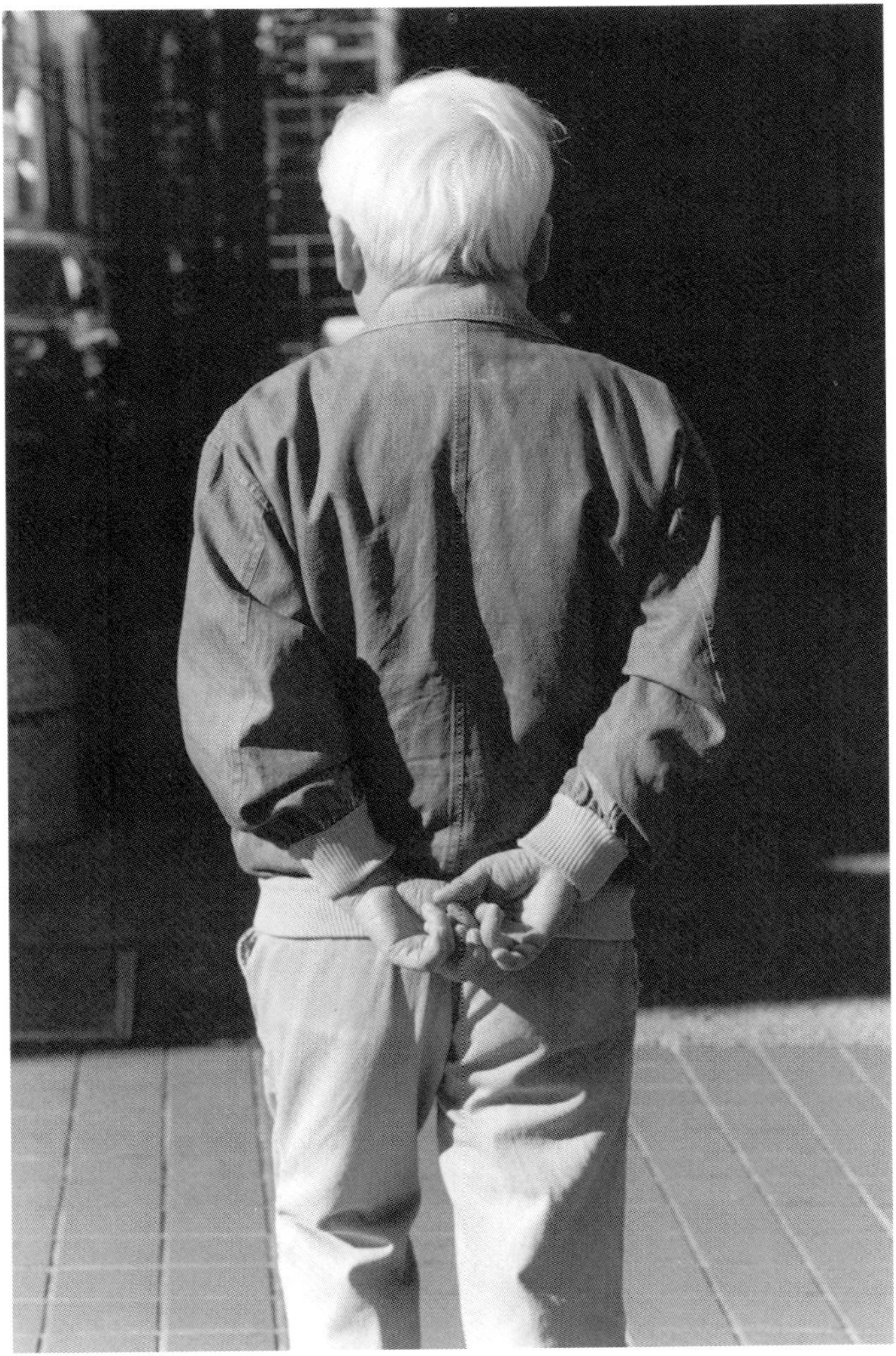

写真を撮影したのは2月。
でも、「本の発売は3月と聞いたので……」と
春の装いで撮影に現れた新藤さん。
さりげない心遣いに、
歩んできた人生の深さを感じた。

すが、何をやるにしても生きていくためには仕事をしなきゃならないわけでしょう。何をやるかということよりも、いかに生きるか、いかに生き延びるかということのほうが重大だと思います。その中から、自分の生き方を発見したらいいと思います。

吉行　そうですね。まず、食べていくということが大切ですからね。

新藤　それで仕事というと思い浮かべるのが、いま、うちに来ているお手伝いさんなんです。お手伝いさんは毎日毎日、朝、昼、晩、とちゃんと僕が食べられるものを

新藤さんは
猫が大好き。
毎日、マンションに来る野良猫に
エサをあげる。

作って、僕が食べ終わると、後片付けをしてさっさと帰って行く。これはすごい技術ですね。映画監督とか小説家とか俳優とかのほうが世間ではすごい仕事をしていると思われているけれど、僕はお手伝いさんのほうが仕事師としては優れているかもしれない、と思ったりもするんです。仕事とはこういうものですから。ところで、あなたがこれまで仕事を続けてこられた秘訣は何でしょう。

吉行　不器用だったからじゃないですか。私、何をするのでも、人が3日で終わることが、1週間も2週間もかかってしまう人間でしたから。一つのことをやるしかなかったんだろうと思います。

新藤　働くことは面白いですよね。

吉行　私は好きなことしかできない、偏った人間なんです。どんなふうにしてこのお客様をきれいにしてさし上げようか、とそればかり考えていましたから。いまでも嬉しく思い出すのは、見合いをするといって、あるお嬢様が来られたときのことです。張り切ってきれいにしてさし上げたら、ご結婚が決まったんです。後でお礼に、といって、ネギが山のように送られてきました。おそらくネギの産地のお嬢様だったんでしょうね。でも、私の仕事は髪をきれいにしてさし上げるというもので、あなた様の映画のように、仕事が作品として残るわけではありません。長い間、仕事をしていても、何も残りませんから。はかないといえば、はかない仕事です。

新藤　いや、それでいいのではありませんか。仕事の面白さは失敗も挫折も含めて、プロセスにあるんだと思いますね。むしろ、失敗するから、うまくいかないから面白いのかもしれない。そういえば舞台女優の杉村春子さ*んとこんな話をしたことがあります。僕は「映画は毎日、違うシーンを撮影するけど、舞台の仕事は毎日毎日、同じ芝居を演じているだけじゃないか。どこが面白いのかね」と聞いたんです。すると、彼女は「同じ芝居だけれ

＊本名、石山春子。1906年、広島県生まれ。「鹿鳴館」「華岡青洲の妻」など多数の舞台に立った、日本の代表的女優の一人。文化勲章を辞退するなど、気骨のある生き方は多くの人を魅了した。97年、すい臓がんのため、91歳で亡くなった。

ど、毎日、違っているのです。昨日と今日では役者の気持ちの入り方も微妙に違うし、見ているお客さんも違いますから、反応も違います」と言うのです。そして、「舞台の上から何か言って、観客たちが何か感じる。その瞬間こそが生きているということです」とおっしゃったのですが、これはあなたの仕事にも通じていることではないですか。

吉行　そうかもしれませんね。

新藤　だって、一人ひとりのお客さんは頭の形も違えば、髪の質も違うわけでしょう。それによってきれいにしてあげる方法も違ってくるだろうし、シャンプーのやり方だって違う。その日によってあなたの気持ちも違うけれど、そこには仕事をする困難も、工夫も発想もある。そして、なにより、仕上げたという喜びもある。

吉行　なるほど。そんなことを考えたこともございませんでした。なんでこんな仕事をいつまでもしているんだろうぐらいにしか考えていませんでしたが、あなた様からそうつかがって納得しました。おっしゃる通りです。

新藤　仕事があるっていいことですよね。

吉行　ここまで続いてきたのですから、やっぱり天職だと思います。戦後の苦しい時期に、子供たちを育てられたのも仕事があったおかげですし、色々あってもこうして生き延びてこられたのは仕事が支えになっていたからでしょうね。そういう意味では、エイスケさんにも感謝しなくてはいけませんね（笑）。

新藤　僕は映画監督以外にも色々仕事をしていますが、*だから、仕事に対する執着はすごいと思います。さっきも言ったように仕事をするということは生きるということですから、仕事に執着のある人は生きることへの執着も激しいということなんだと思います。いま、高齢者問

*著書も多い。2002年には『ひとり歩きの朝』（毎日新聞社）を出版した。

題が言われているじゃないですか。

吉行　大変な時代ですね、いまは。

新藤　僕は老人になって、初めて老人の気持ちがわかりました。自分が老人になる前は、老人というのは心が穏やかで、仏様のように欲もなく、盆栽をいじったり、ゲートボールをするもんだと勝手に思っていたんです。映画で描く老人もそういう老人でした。ところが、いざ、自分が老人になってみると、違うんですよね。まだまだ欲の皮もつっぱっているし、多くの人を裏切ってきたからの気持ちもある。人生が終わりに近づいている焦燥感

＊「生きたい」（1998年製作）では、ユーモアを交えながら老人問題を描き、モスクワ映画祭でグランプリを受賞している。

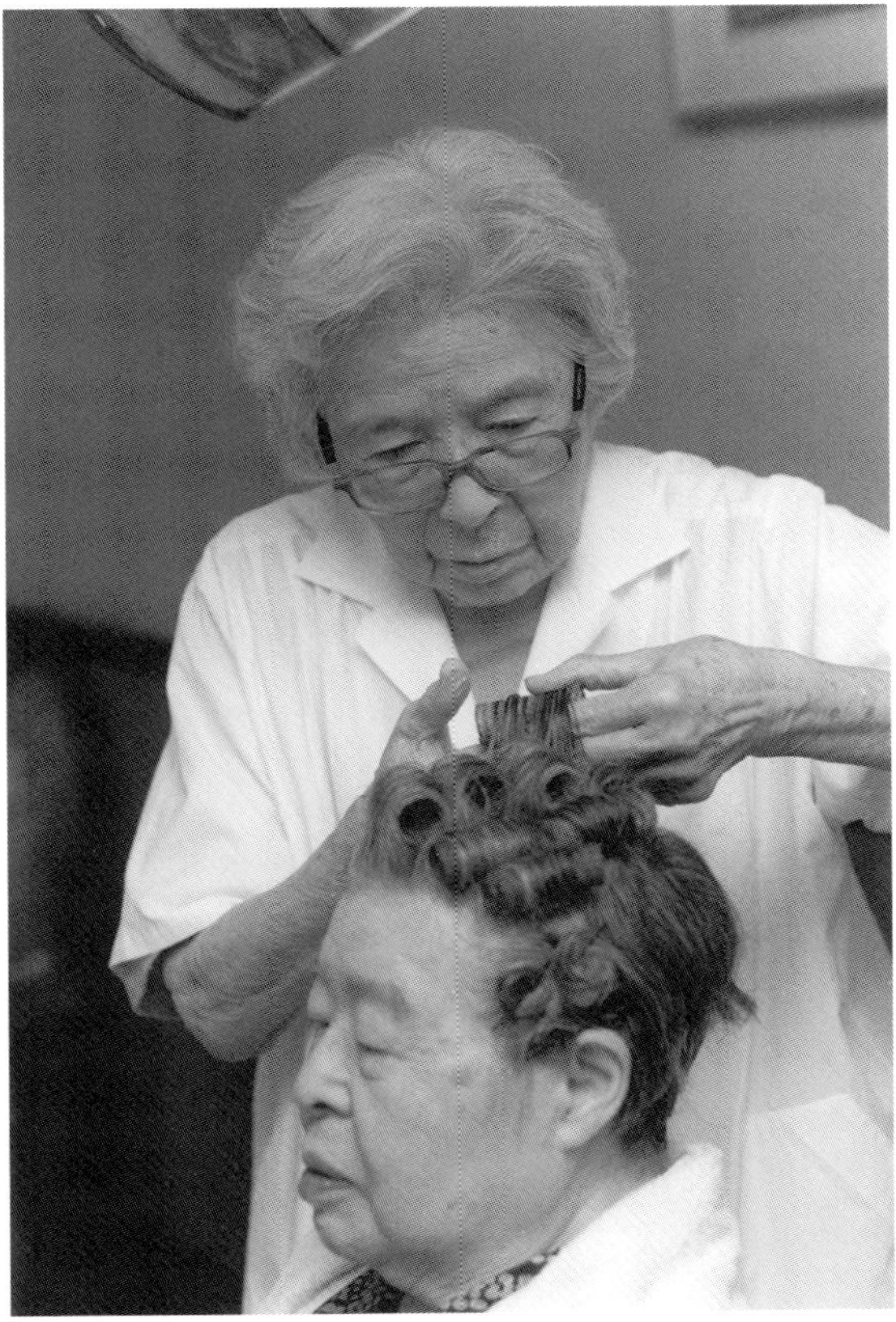

「この年になると大変です」
と言いながら、
いざ仕事が始まると終始テキパキ。
美容師になったばかりの頃、
パーマネント代は5円だった。

もある。もう毎日、イライラしていて、とても盆栽をいじったり、ゲートボールをしたりする気持ちにはなれない。これは僕だけの妄執かと思ったら、そうじゃないらしい。みんな、家族には相手にされないわ、世間からは馬鹿にされるわ、何をやるにしても能力は低下しているわ、といった感じなんです。老人って生々しく生きているんですね。ところが不思議なのは、一方で若い人たちの気持ちもわかってくる。若いときは前ばかりを向いていて、自分のことや人生について振り返る力がない。老人になって初めて、30代のとき、40代のときの自分はどうだったのか、がわかる。それで今度は気持ちとしてはまだまだやれると思うんだが、体や頭がついていかない。

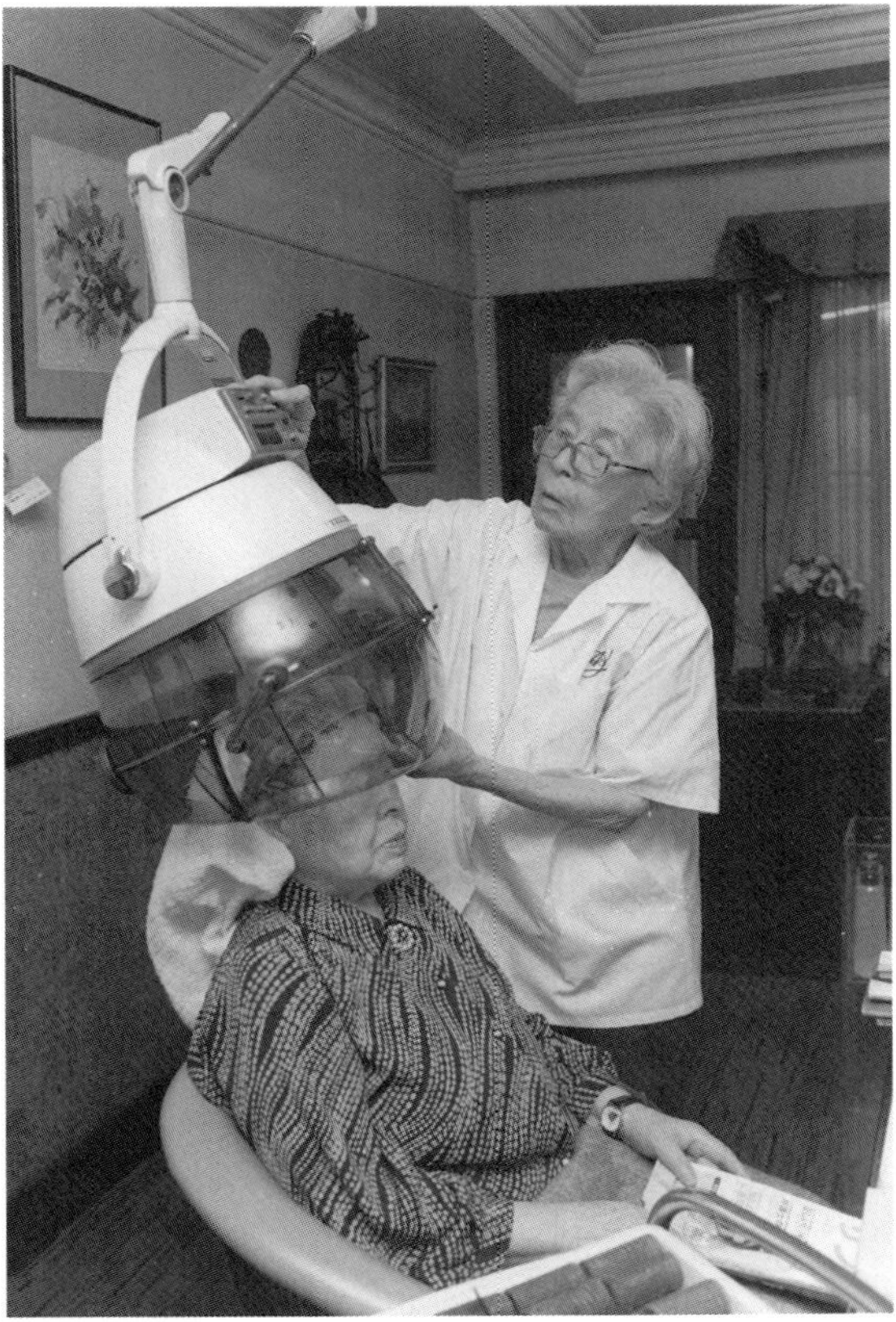

「やっぱり好きなんでしょうねえ」。
仕事の話をするときの
あぐりさんの口癖。

老人は矛盾したところで生きていて、なかなか平穏になれないんです。僕だっていつまでたっても落ち着かない。なんか落ち着く方法がないかと思ったら、仕事に執着することだったんです。

吉行　やっぱり、やることがなかったらつまらないですよ。私も一時期はお店*を三つ持ってお弟子さんを30人くらい抱えていました。そのときはもう忙しくて忙しくて。きれいになりたいと思って美容師になったのに、こんなことならお客さんになっておくべきだった、なんて思いましたが、いまは仕事があることに感謝しています。

＊1931年に銀座の文房具店「伊東屋」に、36年には郷里、岡山市の百貨店「天満屋」にそれぞれ支店を出す。あぐりさんの顧客名簿には秩父宮妃勢津子さまを始め、作家の円地文子さん、オペラ歌手の三浦環さんら各界著名人が名を連ねた。

市ヶ谷にある「吉行あぐり美容室」。
看板の字は2番目の夫、
辻復さんが書いた。

新藤　だから高齢化社会が問題になっているけど、55歳や60歳で会社をやめさせられるというのはつらいと思います。いまの50代、60代は昔と違います。技術的にも思考的にも充実している時期ですから。30年も40年も働いてきて、さあ、第2の人生を始めてくださいと言われても困るでしょう。人生は一つなわけで第2の人生も第3の人生もないのですから。寿命が延びているのに社会や制度は変わらない。これは大きな問題だと思います。あなただって、もし、仕事をしていなかったら、いまごろは……。

吉行　うーん、そうですね。とっくに死んでいますね、たぶん（笑）。

新藤　生きることが仕事をすることであるならば、僕は僕らしい仕事をしたい。僕はシナリオを２３０本くらい書いてきましたが、全部、鉛筆で書いてきました。鉛筆がいいのは消せるからじゃない。ちびていくところに良さがあるのです。ちびていくと字が変わっていくでしょう。それが面白い。それから、字も一字一字、自分で書きたい。例えば「鬱《うつ》」という字を書くときに、ワープロのキーを打って「鬱」と出てきても困る。それは僕が書こうとしていた「鬱」とは似ているけど違う。鉛筆は万年筆やペンに比べると字が薄いが、それでいい。問われているのは内容だから。僕が経済的には大変だけど、独立プロダクション*で映画を撮ってきたのもこういうことです。僕はまもなく書けなくなるだろうけど、鉛筆のまま終わりたいのです。

吉行　ご自分の仕事に誇りを持っていらっしゃるんですね。これまで何本くらいお撮りになりましたか。

新藤　47本ですね。色々ありましたが、これまで仕事をやってきて、ギリシャ、ローマ時代から続いてきている長いドラマの歴史の流れの、ほんの片隅かもしれないけど、一コマを埋めてきたというささやかな自負は持っているんです。

＊1950年、娯楽映画全盛の時代に、新藤さんが「人間を撮る映画が撮りたい」という趣旨で設立した「近代映画協会」のこと。52年、「原爆の子」がチェコスロバキア国際映画祭でグランプリを獲得したが、経営的には苦しい時代が続いた。「最後に撮りたいものを撮ろう」と60年、セリフなしの実験的映画「裸の島」を製作、同作品がモスクワ映画祭でグランプリを受賞し、「巨匠」の道を歩み出す。映画監督としては黒澤明監督に次ぐ2人目の文化勲章、芸術祭文部大臣賞など、多くの賞を受賞している。

第4章

やがて来る日のこと

新藤　91歳になって初めて海外旅行*に行かれたんですよね。娘の和子さんに連れられて。

吉行　メキシコにまいりました。

新藤　どういうきっかけだったんですか。

吉行　たまたま和子がお友達と遊びに行くという話を聞いて、なぜかとても行ってみたくなったんです。それで「私も行く」と宣言しました。なんと言っても年寄りですからね（笑）、和子のほうが色々と気を使ってしまって。出発前に寝込んじゃったんです。

*このほか、あぐりさんは50代の頃に、一度だけ、女性事業家を対象にした研修旅行で米国に行っている。

新藤　それからも、毎年1回は行っている。

吉行　はい。ネパール、中国、イタリアに行きました。次は台湾に行く予定です。私、娘たちに「ああしてくれ」「こうしてくれ」と言わない親ですが、これだけは楽しみで、唯一、おねだりしているんです。

新藤　僕は蓼科に山小屋があって、夏になると、そこで映画の仲間たちと過ごすくらいなんです。旅行ってそんなに面白いですか?

吉行　なんと言っても旅先だと電話が鳴らないのがいいですね。家にいると色々かかってきますでしょう。それから、郵便だの宅配便だのが次々、やってきますから。雑用をしなくてすむというのが一番ですね。ずっと家にいる主婦の方たちは、毎日お忙しいだろうと思いますね。

新藤　たしかネパールでは酸素ボンベを担いで、ヒマラヤにも登られたんですよね。標高4000メートルまで。

吉行　これも私は平気でしたが、同行されたみなさんが高山病にかかってしまってかわいそうでした。そうそう、ネパールといえば、私、国王も占ったとおっしゃる、偉い占師の方に占ってもらったんですよ。お告げによれば、97歳まで生きるそうです。ということは、あと1年半ぐらいある。うれしいわ（笑）。

新藤　もし、当たらなかったら？

吉行　いや、当たりますよ。まだ1年半もあるんですもの。でも、だめなんです、私。この年にもなって、死んだ後はどうなるのかなんて全然、考えないで生きているんです。だから私ってどこかおかしいんじゃないかって思いましてね。悲しいですよ（笑）。

新藤　そんなことはないでしょう。本の中に「氷が溶けるように死にたい」という死生観をご披露されていた。あのくだりを読んで非常に感動しました。ああいうことは、なかなか言えることではありません。大したことです。

吉行　齢を重ねたということは、多くのお別れがあったということです。もちろん、私の両親もきょうだいたちもみんな、亡くなりました。そのときは涙も流しましたが、それでも私、人は死ぬんだということが、なかなか実感できなかったんです。例外が淳之介の死です。やっぱり子供に先に死なれるということはつらいです。ショックでした。淳はとても優しい子で、肝臓がんになった

＊あぐりさんは『「あぐり美容室」とともに』の中でこう語っている。「みるみる溶けていく氷を見ていると、氷が溶けるように人間も溶けたらいいなあと思うの、あの世に行く時。お葬式もしなくてすむし、いいじゃないですかあ。」

執筆依頼も多い。
筆記用具は
必ず鉛筆。
1字1字、丁寧に書く。

ときも、「僕はいま肝臓にブツブツができていて、それを取り除いているんです」としか言いませんでした。私はそれを聞いて、「そうなの」と思っただけです。いまから思うと、淳之介はそんなふうに言うことで、間接的に自分ががんだということを伝えたかったんだと思います。でも、全然、気づいてあげられなくて。馬鹿ねえ……。

新藤　乙羽さんも肝臓がんで亡くなったんです。僕は彼女にがんだということを伝えませんでした。彼女は女優として生きてきたのだから、最期まで女優として全うさせてあげたいと思いました。それではなむけに撮影したのが「午後の遺言状」*です。病の身を押しての撮影で、

＊1995年製作。乙羽信子さんと杉村春子さんの二大女優が競演した名作。

彼女も体力的にも相当きつかったと思いますが、なんとか撮影は終了しました。完成試写会が開かれた3カ月後、彼女は医師の宣告した時期に亡くなりました。

吉行　そうですか。私、死ということについては考えない人間なんですけど、やっぱり、神様っていうのはどこかにいるんだろうと思います。でも、それにすがったり信じたりして生きているわけではないんです。父が死ぬときに、一度だけ、「神様、助けてください」とお願いしましたが、その頃はまだ少女でしたからね。それから、いっぺんも神様に何か頼んだことはございません。

新藤　あなたの家は何か宗教がありますか？

吉行　いちおう私の家は仏教なんですが、お寺に行くこともありませんし、仏壇もありません。なぜなんでしょうか。キリスト教徒の方はしっかりキリスト教徒のようにしていらっしゃいますが、仏教徒はあまり仏教徒らしくありませんねえ。きっと、お寺さんの努力が足りないんでしょうね（笑）。

新藤　僕の家も仏壇も神棚もありません。先祖は代々、浄土真宗ですが、僕には神も仏もいない。強いて言えば、自分だけを恃《たの》んで生きているんです。

吉行　いいですね、そう思えれば。私にはそういう確たるものがございません。ただ、私、信仰はございませんけどね、ちっちゃなタンスの上に、淳の遺影だけは飾ってあるんです。毎日、お茶をあげたり、花をあげたりしています。エイスケさんのも辻さんのもありませんよ。夫婦はやっぱり他人ですから（笑）。私、淳だけをかわいがっているんです。

新藤　うちも、いちおうタンスの上に乙羽さんの遺影は飾ってあるんですが、乙羽さんのお弟子さんやら知人やらが遊びに来るときのためですね。彼女たちが拝みたがるので、そのために置いてあるという感じですね。

吉行　こんな調子なので、お墓とかお葬式とかについても考えたことがないんです。お葬式ってやってもやらなくても、どっちでもいいみたいですね。やらなくてもいいものなら、やることはないんじゃないか。こう思いまして、献体に登録していたことはございます。ところが、娘たちにバレまして、「頼むからやめてください」って懇願されて、やめてしまいました。こんな年よりの体をあげても役に立つんだろうかと思っていましたが（笑）。

新藤　僕の場合、いちおう実家の墓が広島にあるんです。

たまにはお墓に手を合わせることもありますが、もともとお墓というのは死んだ人のためというより、残された人のためのものじゃないかと思っています。散歩がてら青山霊園に行って、ふすま二つ分くらいのお墓を見かけると、「どうするんだ」と思いますね、墓が残された者のためにあるって考えると、あれってただ空しさを広げているだけじゃないか、と思ってしまうんです。

吉行　私の場合、自分が死ぬことよりも、娘たちのことが心配ですね。二人とも結婚してませんし、「どうするんだろう」と思ってるんです。でも、まあ、最近では介護施設も発達してきているようですから、「まあ、なんとかするんでしょう」と考えるのをやめました。

新藤　それがすごいところなんだ。みんなに看取られていう考え方じゃないんだよ、この方は（笑）。

吉行　いえ、私もいつかは死ぬんだな、できたら避けて通りたいな、とはどこかで思ってるんだと思いますが、それも運命ですからね。しょうがないでしょう。とにかく、考えないことにしているんです。いまも昔も今日のことだけ、いまのことだけ、の行き当たりばったりで生きてきましたからね、私は。うーん、でも、考えなきゃいけないわよね、やっぱり。死ぬって本当、どういうことなんでしょう……。

新藤　こればっかりは考えても解決できる問題じゃないからねえ。ただ、僕は死について考えます。死ぬということは生きるっていうことでもあるんじゃないか、と考えているわけです。

吉行　そうでしょうか。私、やっぱり、死んだら終わりだと思ってますけど（笑）。

新藤　でも、例えば、死んだ人のことは思い出すでしょう。僕も死んだお父さん、お母さんのことをよく思い出しますが、思い出すと、喜んだり、寂しくなったりするじゃないですか。それはつまり、お父さんとかお母さんが、僕の心の中に生きているということだと思います。それで今度は僕が死んだら、僕が子供や知人、友人たちの心の中に生きるわけだけど、彼らの思い出の中の僕というものには、すでにお父さんやお母さんが混じっているということなんだと思うのです。そんなふうにして人間は代々続いているし、つながっている。また、そう思えるからこそ、人は生きていけると思っているんです。

吉行 そういうことですかね。むずかしいことはわかりませんが、私はさっき言ったように、毎日、淳にお茶をあげています。生前の淳は熱いお茶が好きだったんで、いつも熱いお茶をいれてあげるんです。そのときに、「熱いからね。気をつけないとやけどするわよ」と話しかけていると、淳と一緒にいるような気がしてまいります。

新藤　それが思い出の中に生きているということです。だから、宗教というものがあるとすればそういうものなんじゃないか、と思ってるんです。不安でしかたがない人間は何かにすがりつきたくなるし、考えたくなる。理屈をつけたくなる。僕も何かを考えて結論を出さないと気がすまない性分なのです。だからこそ「氷が溶けるように死にたい」という素直な死生観が、胸を打ちました。

◀「そうねえ、
色々あったんでしょけど、
私、いやなことは忘れちゃうの」。

人と別れるとき、
新藤さんは必ず
「さようなら」
と手を振る。

吉行　そうですかねえ、でも、１００歳ぐらいまで生きていたらね、あなた様も、きっとそうなりますよ、たぶん。だからあなた様もがんばってくださいい。私はあと１年と何カ月でおしまいですから（笑）。

新藤　でも、死ぬときに、誰かに何かを伝えたいとか、思っていることはありませんか。僕は、最後にはお世話になった人たち、家族や映画のスタッフたちに、一言でいいから「ありがとう」とお礼を言う機会を持ちたいという気持ちがあります。色々苦労をかけてきましたから。まあ、そうは思っていても、こればかりは運命ですから。

その瞬間が来たら、もう苦しくて苦しくてそれどころじゃない、というふうになるかもしれません（笑）。

吉行　私は、何も残すことも伝えることもありませんね。あの連中——二人の娘たちだって、一人でやっていけますし。ある人がおっしゃっていましたが、長生きする人は業が深いそうです。だから私も業が深いと覚悟しています。死んだら終わり。もう何もなくていいです（笑）。

新藤　映画の撮影って人生に似ているんです。出演者のスケジュールによっては最初にラストシーンを撮影することもあります。ラストシーンは決まっている。そのラストシーンに行くまで何千コマのシーンがあるのですが、でも、どこからでも撮るんです。だけど、何千コマの一つだからといって、一つのコマもおろそかに撮ってはだめなんです。一コマをおろそかにしたために、映画全体がダメになってしまうのです。僕も長生きだけが人生じゃないと思っているのですが、長生きも運のうち、その中で一コマをしっかり生きていきたいと思っています。

吉行　「親の顔が見てみたい」という番組を見たことがあります。あの番組を見ていると、驚いてしまいます。私などは時々、「もう、人生、いいかげんでいいや」と思ってしまうのですが、この番組に登場してくるお年寄りを見ていると、「よくもまあ、こんなすごい人がいらっしゃるものだ」と思いますよ。例えば、スキーヤーの三浦雄一郎さんのお父さんの、三浦敬三*さんなんて、99歳でスキーをなさって、一人で家事をこなしながら生活していらっしゃる。この世の中にはすごい方が、まだたくさんいます。まだまだ、あなたなんか若造ですよ（笑）。

新藤　そう思って元気を出してやりたいと思っているんです。

吉行　そうですよ、まだまだお若いんだから。

*スキー指導者、山岳写真家。1904年、青森県生まれ。大学卒業後、営林局に勤務。70代でキリマンジャロ、エベレスト等を滑走し話題となる。2003年2月、99歳で息子の雄一郎さん、孫の雄大さんと共にモンブラン山系最長峰、フランス・バレーブランシュ氷河の滑走に成功した。

新藤　お若いか、そうですか（笑）。今日はどうもありがとうございました。勉強になりました。

吉行　こちらこそ、勉強になりました。楽しかったです。また、お会いしたいですね。

新藤　そうですね、もう10年ぐらいたってから……（笑）。

吉行　10年後……うん、よろしい（笑）。

あとがき

新藤兼人

老人の健康法は散歩だということで毎朝散歩をしている。散歩が楽しいから散歩するのではないから寒い日でも散歩に出る。

雨がざんざん降っている日は助かったと思う。どんどん降れ降れやんでくれるな。8時から9時までが散歩の時間だから、その間はやんでもらいたくない。

9時か10時ごろに雨があがると、なんだか落ち着かなくていらいらする。遅れたが出るべきか、いやすでに機を逸している、9時からは仕事をする時間なのだ、1日のスケジュールが狂ってしまう。

散歩をなぜするか。仕事のためである。健康でないと仕事ができない。シナリオは健康でないと集中できないから書けない。

去年9月1日から30日まで散歩ができなかった。仕事をしたのだ。「ふくろう」という映画を撮った。仕事のために散歩をしているのだから、おかげさまというところか。その間散歩を断念した。

朝8時、赤坂のマンションに製作部の車が迎えにくる。多摩川の日活撮影所まで45分。9時撮影開始。スタッフルームからナンバー12スタジオまで150メートル。6時に仕事を終え、12時には昼食をとるから、2往復することになる。合計600メートル歩く。

スタジオのセットは開拓村の農家なので、日本建築の農家造り。土間があって、台所を兼ねた広い板の間がある。ここですべてのドラマが進行する。俳優が演技を行い、カメラが走り回る。

だから監督である私は、板の間から土間へ下りたり、上ったり、休むひまもなく動き回るのだ。9時から12時まで3時間。1時間の昼食時間。1時から6時まで5時間というもの休みなし。朝の散歩は3キロぐらいだから、それ以上足を力強く上下させるのではあるまいか。

主演女優は大竹しのぶさんである。彼女は立ったり座ったり、泣いたり、笑ったり、叫んだり、8時間つづけざまにやるのだから、相当健康になったにちがいない。

当初30日間わたしの体力が耐えられるかという、懸念があったが、無事撮影を終了することができたのは、日ごろの散歩のおかげであろう。

10月からまた散歩を開始した。新鮮な感じがした。それは朝の空気がきれいだという理由だけではなかろう。

対談を終えて

菅原伸郎（朝日新聞学芸部記者）

朝日新聞東京本社版の夕刊に、25年前から続いている「こころ」というページがある。２００３年を迎えるにあたって、恒例の新春対談に「90歳を超えた２人をお迎えしてみては」という案が出た。お元気な方は大勢おられるが、お願いすると、95歳の美容師・吉行あぐりさん、90歳の映画監督・新藤兼人さんが快く引き受けてくださった。約３時間の対談は１ページ分に要約して１月６日付の紙面に掲載したが、本書はその丁々発止の記録である。

師走の午後、あぐりさんは東京・新宿にある割烹・玄海に自動車で来られた。階段を上るときだけは長女の女優・吉行和子さんらに手を添えてもらっていたが、それ以外は誰の助けも借りない。白内障の手術をして補聴器も使っているそうだが、とくに不自由な様子は見られなかった。一方の新藤さんは、いつものように近代映画協会の花安静香さんと一緒に現れた。2カ月前まで新作「ふくろう」の撮影を指揮されており、歩き方も話し方も相変わらずのせっかちで通していた。

対談が始まってまもなく、朝の散歩の話になった。新藤さんが「僕のは不愉快な散歩です。医者に言われて仕方なくやっている」とこぼした。すかさず、あぐりさんは「私は花を見るとか、楽しくなってきた。いずれ楽しみを見つけますよ。まだお若いから」と励ました。これには、文化勲章の新藤さんも一本取られたようで、小声で「お若い？　弱ったなあ」と頭をかいていた。

ますますお元気なのは、なぜだろう。本文をお読みいただく方は、ホームレスを観察する好奇心とか、娘にも甘えない自活力とか、さまざまに答えを見つけるだろう。しかし、それだけで本当に大丈夫なのか。日頃は宗教関係の取材をしている私は、司会の途中で「死とか来世とか、考えないのですか」と水を向けてみた。

吉行さんは「神様はどこかにおられると思いますよ。

でも、信じているわけじゃない。教会やお寺に行くこともない。ちっとも考えない。少しは考えなければいけませんねえ」と笑った。新藤さんも「先祖代々は浄土真宗だが、わが家に仏壇はない。神もない。私自身を恃《たの》んで生きている」と話した。この答えをどう受け取るべきだろう。日々の仕事を精一杯、ともかくやっているのだ。来世のことを考えたくなったら、まず目の前の仕事に取り組む、この世に怒るべきことがあればこの世で発言する、ということだろうか。対談が終わった後で、しばらくそんなことを考えていた。

この対談は、朝日新聞東京本社学芸部の富川泰雄が企画・発案し、田沢健次郎が準備・進行、菅原伸郎が司会・構成を担当し、書籍編集部の大嶋辰男が出版を受け持った。

吉行あぐり　よしゆき・あぐり
本名・安久利。1907年7月10日、岡山市生まれ。15歳で作家・吉行エイスケと結婚。上京後、山野千枝子の指導を受けて美容院を開設、現在まで続けている。死別したエイスケとの間に、淳之介(故人)と理恵の芥川賞作家2人、長女の女優・和子の1男2女。自伝『梅桃(ゆすらうめ)が実るとき』をドラマ化したテレビ小説「あぐり」で話題になった。

新藤兼人　しんどう・かねと
本名・兼登。1912年4月22日、広島市生まれ。50年に吉村公三郎、殿山泰治らと近代映画協会を設立。51年に「愛妻物語」で監督に。その後、「裸の島」(モスクワ国際映画祭金賞)をはじめ、「竹山ひとり旅」「午後の遺言状」「生きたい」「三文役者」など数々の作品を発表している。最新作の「ふくろう」は2003年夏公開予定。94年、妻の女優・乙羽信子と死別している。

生《い》きること　老《お》いること

2003年3月30日　第1刷発行

著　者　吉行あぐり／新藤兼人
発行者　柴野次郎
発行所　朝日新聞社
〒104-8011　東京都中央区築地5-3-2
電話　03-3545-0131(代表)
編集　書籍編集部
販売　出版販売部
振替　00190-0-155414
印刷所　中央精版

ISBN4-02-257826-2
定価はカバーに表示してあります